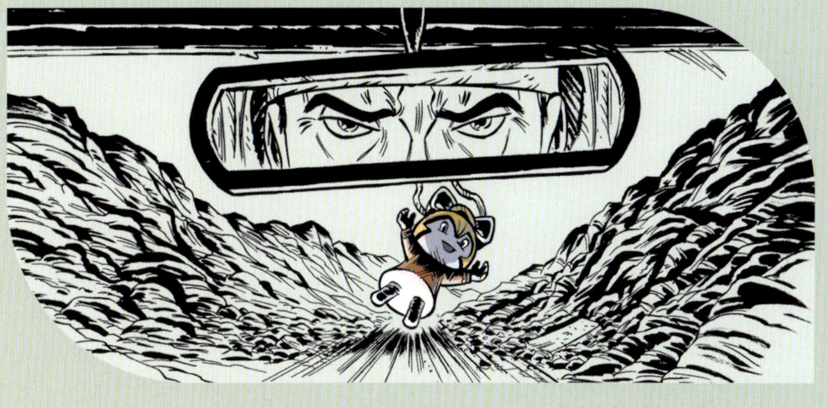

LES ÂMES NOIRES

Scénario
DUCOUDRAY

Dessin & Couleur
DRUART

DUPUIS

Merci à Abdel de Bruxelles d'avoir fait l'entremetteur pour que ce projet puisse voir le jour !

Fred Druart

Merci à Wang Bing pour ses documentaires, à Fred pour ses dessins et sa mise en scène, à toute l'équipe de Dupuis pour avoir rendu ce livre possible, et surtout merci patron!

Aurélien Ducoudray

PLUS VITE, PAPA, PLUS VITE !
JE SUIS UN OISEAU !
UN GRAND OISEAU !

ALLEZ, ATTERRISSAGE FORCÉ, PETITE LIBELLULE, ON RENTRE !
OH, NON, PAS DÉJÀ !
SI, CE SOIR, IL FAUT QUE JE ME COUCHE TÔT...
MAIS PAS MOI, HEIN !!
NON, PAS TOI...

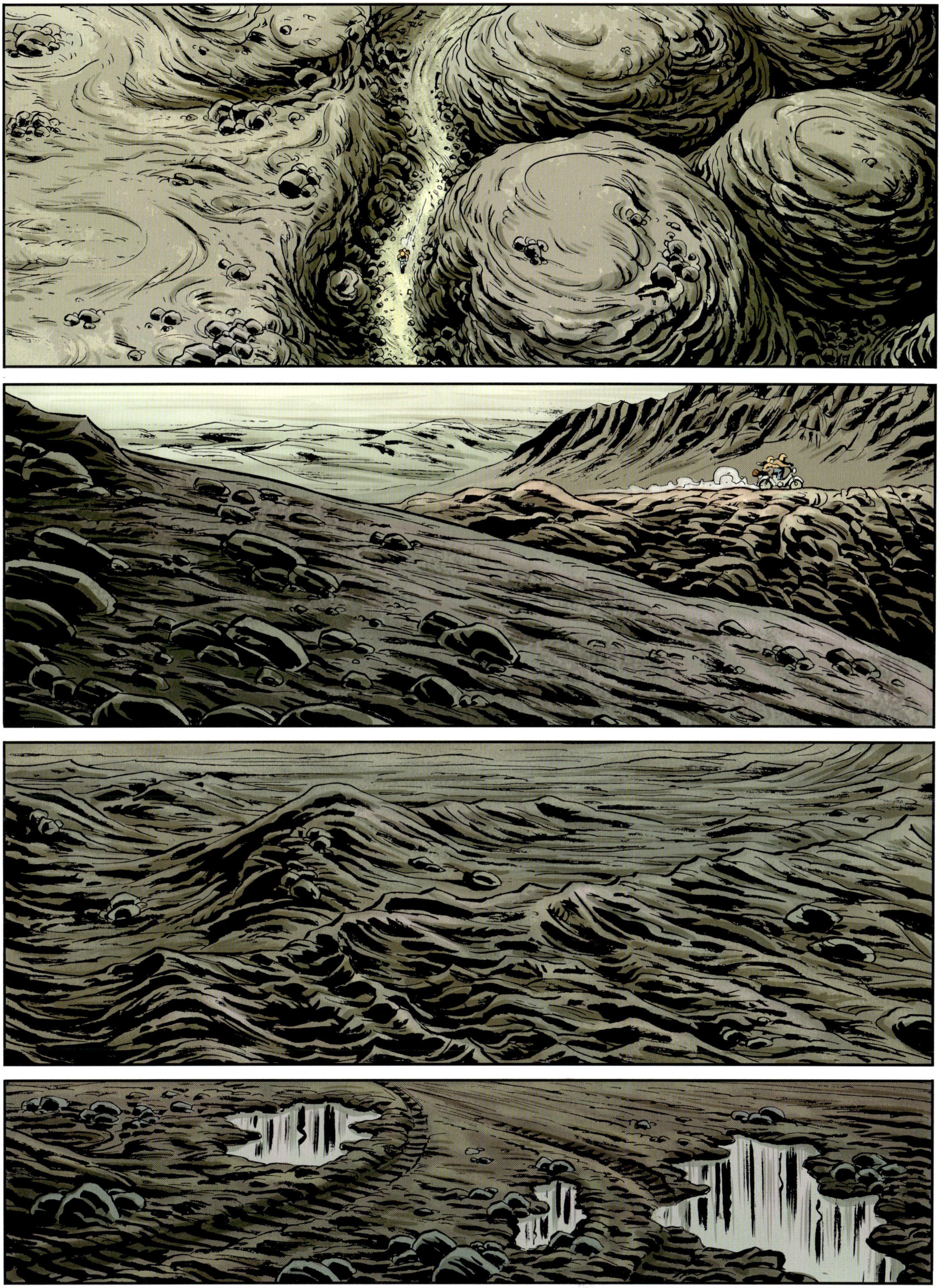

PAPA SE COUCHE TÔT !
MAIS PAS MOI ! PAS MOI !
TES CHAUSSURES ! TU ME METS DES SALETÉS PARTOUT.

JE PARS DEMAIN, POUR QUATRE JOURS...
QUATRE JOURS ?
ON VA ESSAYER D'EMPORTER LE STOCK PLUS LOIN POUR OBTENIR DE MEILLEURS PRIX...
QUATRE JOURS, C'EST LONG, C'EST DEUX FOIS PLUS LONG QUE D'HABITUDE !
CRAK
OUI, MAIS SI C'EST POUR GAGNER DEUX FOIS PLUS, ÇA VAUT LE COUP, NON ?
PAPA, TU T'EN VAS QUAND ? PASQUE JE VEUX UN CADEAU, MOI !
DEMAIN, MA CHÉRIE. JE TE CONFIE MAMAN, C'EST TOI L'HOMME DE LA MAISON QUAND JE NE SUIS PAS LÀ.

PAS POSSIBLE, PASQUE MOI, JE SUIS UNE FILLE !
ALORS, T'ES LA FILLE DE LA MAISON !
MOI, J'VEUX UN GROS CADEAU QUAND TU REVIENS, PAPA, D'ACCORD ?
TIENS, JE TE PRÊTE MA MUO DIANY, C'EST MON PORTE-MONNAIE !
MAIS NON, PAS UN PORTE-MONNAIE, UN PORTE-BONHEUR !
HA! HA!
SI JE GAGNE BIEN, ON POURRA ÊTRE TRANQUILLES UN MOMENT, ET JE NE PARTIRAI PAS AUSSI LOIN,,,
PORTE-MONHEUR! PORTE-MONHEUR!

IL MANQUE 20 YUANS...
ÇA A AUGMENTÉ ?
IL PARAÎT QUE LA MINE VA BIENTÔT FERMER, DONC ON VOUS VERRA PLUS...
FAUT COMPENSER...
QUELLE MINE ?
LA GROSSE...
ET LES AUTRES ?
QUELLES AUTRES ?
LES ILLÉGALES.
PASQUE TU VAS DANS LES ILLÉGALES ?
ÇA DÉPEND... JE TE PAIE MOINS SI JE FAIS ÇA ?

TIENS, V'LÀ LE FLINGUEUR !
POURQUOI TU L'APPELLES COMME ÇA ?
IL PARAÎT QU'IL A PRÉFÉRÉ ACHETER UN FLINGUE PLUTÔT QUE DE VOYAGER AVEC UN COPILOTE !
SALUT.
SALUT.

SALUT.
C'EST VRAI QUE T'AS UN FLINGUE SUR TOI ?
QUI T'A DIT ÇA ?
BAH, ÇA SE SAIT, C'EST TOUT.
QUI LE SAIT ?
BEN, MOI, DÉJÀ...
ET TU SAIS D'AUTRES TRUCS COMME ÇA ?
BEN OUAIS, CHUIS AU COURANT, QUOI, COMME TOUT LE MONDE. DES FOIS MÊME PLUS QUE TOUT LE MONDE !
ON EN EST AU COMBIEN ?
LE 18 VIENT DE PARTIR À LA CHARGE.

QUEL NUMÉRO TU AS ?
24...
19
QUOI ?!
JE SUIS ARRIVÉ AVANT TOI !!! ÇA FAIT DEUX HEURES QUE J'ATTENDS !
HA HA HA HA HA
HA HA HA
T'AS PAYÉ LE GARS À L'ENTRÉE, OU QUOI ?
C'EST QUOI, TON TRUC ?
UN TRUC QUE TOUT LE MONDE CONNAÎT... DU COUP, TU LE CONNAIS SÛREMENT AUSSI...
QUEL CONNARD, CE TYPE !!! IL PEUT SE LE FOUTRE DANS LE CUL, SON FLINGUE, CHUIS SÛR QU'IL EN A PAS !
HA HA HA HA HA HA

PUTAIN !
QU'EST-CE QU'IL ME FAIT, CELUI-LÀ ?!
TU ME CHARGES QUE DE LA MERDE, LÀ !
CHUIS DÉSOLÉ, C'EST RÉSERVÉ, LÀ-BAS...
RÉSERVÉ À QUI ?
T'AS COMMENCÉ AVEC CE COIN-LÀ, TU CONTINUES PAREIL.
TU ME CHARGES PAS DE LA CAILLASSE !

C'EST RÉSERVÉ !!!
EH BEN JE LA DÉRÉSERVE !
JE PEUX PAS !
OK ! OK !

C'EST BON !

T'AS COMBIEN ?
LE CAMION PLUS LA REMORQUE.
14000 YUANS.
C'EST PLUS QUE LA DERNIÈRE FOIS !
OUI, MAIS COMME ON EST SUR UNE NOUVELLE COUCHE, T'AS MOINS DE PIERRES, NON ? TU LE VENDRAS MIEUX !

AU-DESSUS, OUI, MAIS EN DESSOUS, C'EST COMME D'HAB', T'AS DES PIERRES. ET LES PIERRES, ÇA SE VEND PAS !
ÉCOUTE, 14000, C'EST LE PRIX POUR TOUT LE MONDE. SI T'ES PAS CONTENT, TU DÉCHARGES !!! MAIS À TES FRAIS ! MAIS...
...BON SANG !
TU LES LAISSES FAIRE, ILS TE VIDENT LE GISEMENT EN CINQ MINUTES, CES MORVEUX !
MAIS CASSEZ-VOUS, SALES GOSSES !
14000 !
TU VERRAS, TU LE VENDRAS BIEN, C'EST DU BON CHARBON !
À QUI LE TOUR ?

TOUSSE
TOUSSE
TOUSSE
TOUSSE

QUATRE BIDONS, C'EST COMBIEN?
CENT.
EH! WAN SU! QUATRE BIDONS POUR NOTRE AMI LE CHAUFFEUR, ET MAGNE-TOI!

ASSIEDS-TOI. TU VEUX JOUER ?
TU JOUES QUOI ?
TON CAMION.
CONTRE ?
MON COMMERCE ?
ILS SONT TRUQUÉS ?
BIEN SÛR. TOUS LES DÉS SONT TRUQUÉS...
ON NE DOIT RIEN LAISSER AU HASARD DANS LA VIE, ÇA SERAIT BIEN TROP DANGEREUX !
MAIS FAIS ATTENTION, ABRUTI !
QUI C'EST QUI VA PAYER POUR L'ESSENCE QUE T'AS FOUTUE PAR TERRE ?!
MAIS QUEL CRÉTIN !

SALUT, WEI, C'EST YUAN. J'ARRIVE DEMAIN, VERS 13 HEURES.
RENDEZ-VOUS COMME D'HABITUDE AU RESTO DU KILOMÈTRE DIX-HUIT...
TU-TUT TUT
C'EST MOI, ÇA VA ? QUOI ? SA CORDE À SAUTER ? ELLE L'A CASSÉE ?
TU CHANGES LE FIL, ÇA IRA ! C'EST LA POIGNÉE QUI S'EST BRISÉE... ÉCOUTE, ELLE JOUE AVEC UNE SEULE POIGNÉE POUR L'INSTANT... O.K. ! O.K. !
JE VAIS VOIR SI JE PEUX EN TROUVER UNE... OUI, BYE.

TU-TUT TU
WEI, C'EST ENCORE MOI. DIS-MOI, TU PEUX ME TROUVER UNE CORDE À SAUTER AVEC DES POIGNÉES SOLIDES ?
QUOI ? MAIS NON... C'EST POUR MA FILLE ! ET PAS DES POIGNÉES EN PLASTIQUE CREUX, ÇA SE CASSE TROP VITE !
LA COULEUR ?
N'IMPORTE LAQUELLE. UNE COULEUR DE FILLE, QUOI !

大开发酒家
13488412000
大开发酒家
DEUX CLOPES !
DES ALLUMETTES ? T'AS QUE DES BRIQUETS ! FAIS VOIR ?

QU'EST-CE QUI ME DIT QU'IL EST PAS DÉJÀ VIDE ?
EH, ARRÊTE ! TU VAS LE VIDER !
JE VENDS PAS DE LA CAMELOTE !
REGARDE, QUE DES AMÉRICAINES !
TU VOIS ? ILS MARCHENT BIEN, MES BRIQUETS !
OUAIS... BOF !
TU ACHÈTES PAS ?
NON, J'AI DÉJÀ DU FEU !

C'EST BON, HEIN ? TU FUMES TOUJOURS, ALORS ?
ÇA DÉPEND... À LA MAISON, LA PETITE AIME PAS ÇA.
TIENS, J'AI TROUVÉ ÇA !
COMBIEN ?
RIEN, TU LUI DIRAS QUE C'EST UN CADEAU DE TONTON WEI, HAHA !

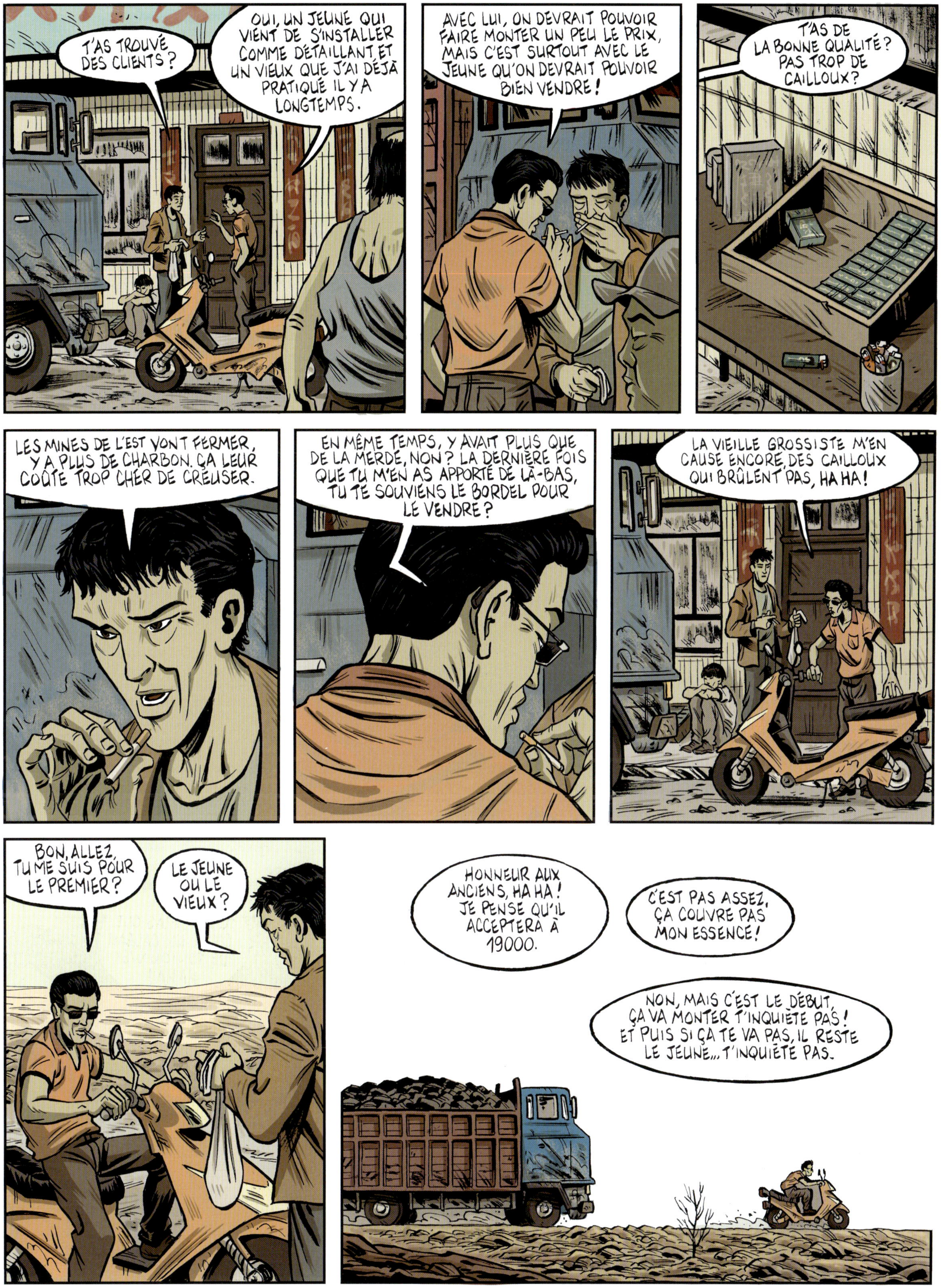
T'AS TROUVÉ DES CLIENTS ?
OUI, UN JEUNE QUI VIENT DE S'INSTALLER COMME DÉTAILLANT ET UN VIEUX QUE J'AI DÉJÀ PRATIQUÉ IL Y A LONGTEMPS.
AVEC LUI, ON DEVRAIT POUVOIR FAIRE MONTER UN PEU LE PRIX, MAIS C'EST SURTOUT AVEC LE JEUNE QU'ON DEVRAIT POUVOIR BIEN VENDRE !
T'AS DE LA BONNE QUALITÉ ? PAS TROP DE CAILLOUX ?
LES MINES DE L'EST VONT FERMER, Y A PLUS DE CHARBON. ÇA LEUR COÛTE TROP CHER DE CREUSER.
EN MÊME TEMPS, Y AVAIT PLUS QUE DE LA MERDE, NON ? LA DERNIÈRE FOIS QUE TU M'EN AS APPORTÉ DE LÀ-BAS, TU TE SOUVIENS LE BORDEL POUR LE VENDRE ?
LA VIEILLE GROSSISTE M'EN CAUSE ENCORE, DES CAILLOUX QUI BRÛLENT PAS, HA HA !
BON, ALLEZ, TU ME SUIS POUR LE PREMIER ?
LE JEUNE OU LE VIEUX ?
HONNEUR AUX ANCIENS, HA HA ! JE PENSE QU'IL ACCEPTERA À 19000.
C'EST PAS ASSEZ, ÇA COUVRE PAS MON ESSENCE !
NON, MAIS C'EST LE DÉBUT, ÇA VA MONTER T'INQUIÈTE PAS ! ET PUIS SI ÇA TE VA PAS, IL RESTE LE JEUNE... T'INQUIÈTE PAS.

CHAT!
CHAT!
CHAT!
SOURIS! ROAAAAR!!!
HA HA HA HA HA HA HA HA HA

VOUS MANGEZ ?
IL FAIT TROP CHAUD, PAPA WU !
AH, TU VEUX UNE BIÈRE, C'EST ÇA ? UNE POUR TOI AUSSI ?
NON, LUI, IL BOIT PAS.
IL A RAISON, S'IL CASSE SON CAMION, C'EST COMME S'IL SE COUPAIT UNE JAMBE ! ÇA M'AURAIT PLU D'ÊTRE CHAUFFEUR ROUTIER, MOI !
PAS POUR LE CHARBON, HEIN, MAIS POUR D'AUTRES MARCHANDISES, VOIR DU PAYS EN TRANSPORTANT DES OBJETS DE LUXE DANS DES GROS CARTONS BIEN RANGÉS !
IL N'EST PAS TROP TARD. LE PERMIS, ÇA SE PASSE EN UN MOIS, OU UNE SEMAINE SI ON L'ACHÈTE.
J'AI LE PERMIS, C'EST JUSTE QUE MA FEMME N'AIME PAS QUAND JE M'ÉLOIGNE DU MAGASIN...
MAIS ASSEZ BAVARDÉ, FAISONS AFFAIRE...

IL EST PAS MAL, TON CHARBON.
MAIS IL Y A ENCORE TROP DE CAILLOUX. ET MOI, LES CAILLOUX, JE VENDS PAS À MES CLIENTS, JE SUIS OBLIGÉ DE LES GARDER.
QU'EST-CE QUE TU VOIS PAR TERRE ?
UNE TERRASSE PAVÉE...
TOUS LES CAILLOUX QUE J'AI ACHETÉS AVEC LE CHARBON, ILS SONT LÀ. J'EN AI PLUS BESOIN, DE CAILLOUX, Y A PLUS DE PLACE, JE VEUX QUE DU CHARBON !
LE TAUX DE CAILLOUX, EST DANS LES NORMES, C'EST ACCEPTABLE POUR DU CHARBON NON RAFFINÉ...
ATTENDS ! ATTENDS, YUAN, LAISSE-MOI PARLER SINON JE NE MÉRITERAIS PAS MA COMMISSION !!

QUI TE DONNE TA COMMISSION, MOI OU LUI ?
LUI, AVEC CE QUE TU LUI DONNES POUR LE CHARBON !
DONC, C'EST MOI QUI TE PAIE, AU FINAL.
ALORS, C'EST MOI QUI DÉCIDE QUI J'AI ENVIE D'ÉCOUTER. LUI, JE LE TROUVE INTÉRESSANT PARCE QUE JE NE SAIS PAS CE QU'IL VA ME DIRE... TOI, TU M'ENNUIES !
JE T'EN PROPOSE 21000 LA TONNE !
C'EST TROP PEU, C'EST LE PRIX POUR UNE LIVRAISON À LA SORTIE DE LA MINE, ÇA ! LÀ, ON EST À UNE JOURNÉE DE DISTANCE. J'EN VEUX 25000 !
PAS AVEC AUTANT DE CAILLASSE, PAS CHEZ MOI. JE SUIS RESPECTÉ, ICI.
QUE DIRONT MES CLIENTS SI JE LEUR VENDS DE LA MAUVAISE MARCHANDISE ?
ATTENDS, PAPA WU, ON PEUT DISCU...
TIENS...
... JE TE PAIE POUR QUE TU TE TAISES !
QUANT À TOI, TON CHARBON, JE T'EN PROPOSE 22500, DERNIÈRE OFFRE !

JE PERDS MON TEMPS, JE NE VENDS PAS MON CHARBON ICI, ALLONS VOIR TON SECOND ACHETEUR.
UN AUTRE ACHETEUR ?
HA HA ! SI C'EST LA VIEILLE, ELLE T'EN DONNERA ENCORE MOINS QUE MOI !!
JE MONTE AVEC TOI !
ET TON SCOOTER ?
IL EST BIEN, ICI !!
JE LE CONNAIS, LE VIEUX. DÈS QU'IL SAURA AVEC QUI ON VA TRAITER, IL ENVERRA QUELQU'UN NOUS TROUVER.
AUTANT QUE CE SOIT AVEC MON SCOOTER. COMME ÇA, TU POURRAS DÉCHARGER TRANQUILLE CHEZ LUI.
PENDANT CE TEMPS-LÀ, JE RENTRERAI CHEZ MOI BOIRE UNE BIÈRE AVEC MA PETITE COMMISSION.
C'EST LA PREMIÈRE FOIS QUE JE MONTE DANS TON CAMION. DIS DONC, IL EST PAS MAL ! PROPRE, BIEN TENU... T'AS UNE FEMME EN CABINE, OU QUOI ?

ON LE PARTAGE, LE BILLET DU VIEUX, SI TU VEUX ?

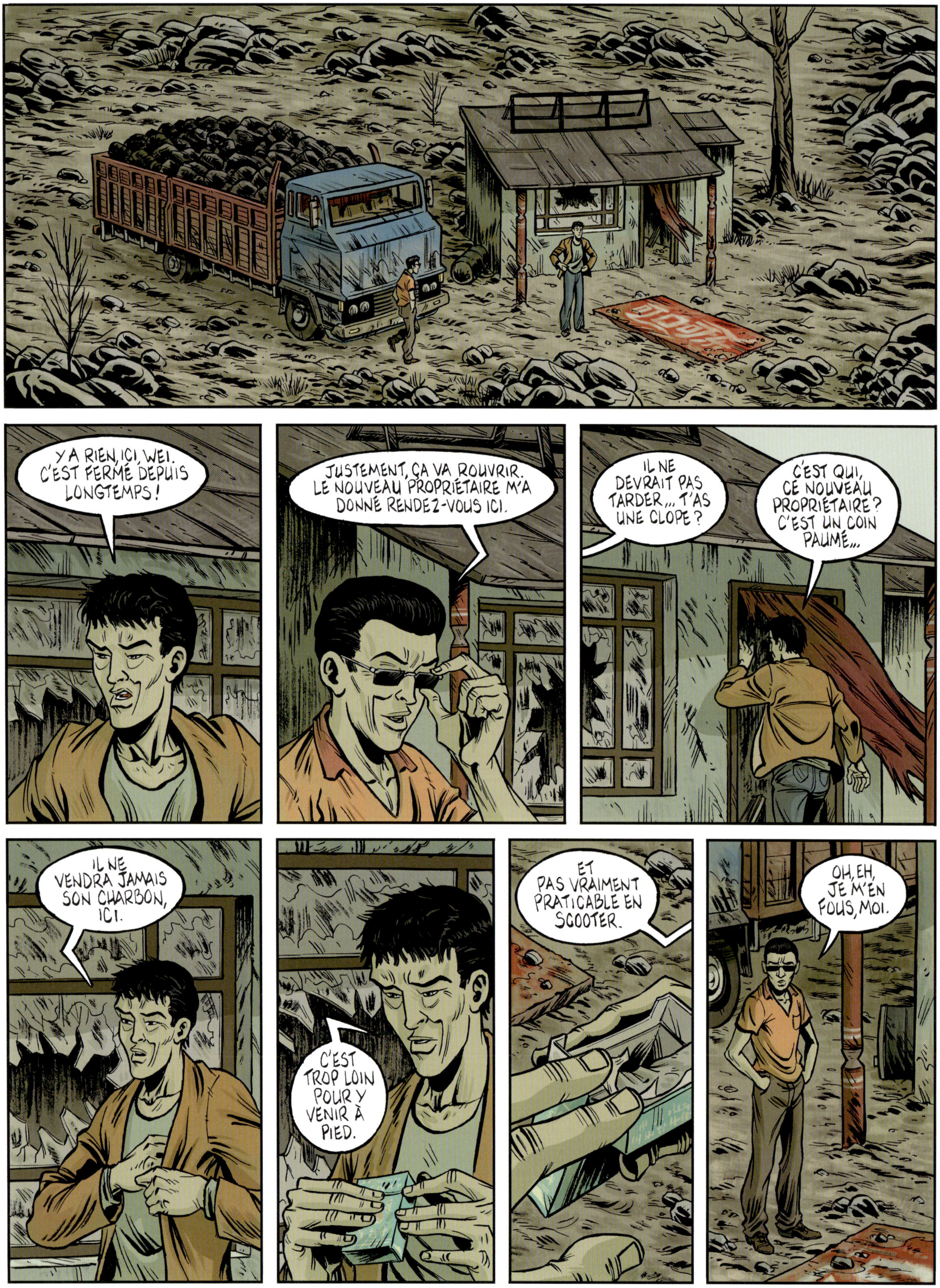
Y A RIEN, ICI, WEI. C'EST FERMÉ DEPUIS LONGTEMPS !
JUSTEMENT, ÇA VA ROUVRIR. LE NOUVEAU PROPRIÉTAIRE M'A DONNÉ RENDEZ-VOUS ICI.
IL NE DEVRAIT PAS TARDER... T'AS UNE CLOPE ?
C'EST QUI, CE NOUVEAU PROPRIÉTAIRE ? C'EST UN COIN PAUMÉ...
IL NE VENDRA JAMAIS SON CHARBON, ICI.
C'EST TROP LOIN POUR Y VENIR À PIED.
ET PAS VRAIMENT PRATICABLE EN SCOOTER.
OH, EH, JE M'EN FOUS, MOI.

LE SEUL TRUC QUI M'INTÉRESSE, C'EST DE LUI VENDRE DU CHARBON À UN BON PRIX, PAS TOI ?
SI, SI...
TIENS, REGARDE !
C'EST MON SCOOTER. QU'EST-CE QUE JE T'AVAIS DIT? LE VIEUX VA NOUS LE PRENDRE, ET AU PRIX QU'ON VEUT !
VAS-Y, SORS-LE, QU'ON VÉRIFIE !!
QUOI ?
BEN TON FLINGUE ! C'EST PAS TOI QU'ON APPELLE "LE FLINGUEUR" ?
WEI, QU'EST-CE QUE C'EST QUE CE CON ?
TU SAIS PAS ? POURTANT, TU CONNAIS PLUS DE TRUCS QUE TOUT LE MONDE, NON ?

TCHAK
TU FAIS MOINS LE MALIN, LÀ! HEIN, CONNARD ?!
IL EST OÙ, TON FLINGUE, HEIN ?

QU'EST-CE QUE...?!
HAHAHA! UNE CORDE À SAUTER! CE CON A UNE CORDE À SAUTER!!
WEI...
TCHAK
TIENS! C'EST DE LA PART DE WEI, CELUI-LÀ!

FLAP
FLAP
FLAP
FLAP
FLAP
FLAP

PIAO, NE JOUE PAS ICI ! TU VAS LE RÉVEILLER AVEC LA CORDE À SAUTER !
FLAP
ÇA M'ÉTONNERAIT QU'IL SE RÉVEILLE, DEPUIS LE TEMPS QU'IL DORT !!
FLAP
FLAP
FLAP
FLAP
FLAP
FLAP
AHHHH
LA... CORDE... ARRG...
NE BOUGEZ PAS, VOUS ÊTES SÉRIEUSEMENT BLESSÉ !
CHAN ! IL A REPRIS CONNAISSANCE !!

LA... LA CORDE À SAUTER...
C'EST TOUT CE QU'ON A TROUVÉ À CÔTÉ DE VOUS...
QUI...?
ON A UN VÉTÉRINAIRE DANS LE VILLAGE, C'EST LUI QUI VOUS A SOIGNÉ. IL FAIT AUSSI MÉDECIN, IL DIT QUE C'EST MOINS COMPLIQUÉ.
COMBIEN ?
OH, NON, PAS CHER. DEUX POULES.
NON, COMBIEN DE TEMPS ?
OH, PARDON. ÇA FAIT TROIS SEMAINES QUE VOUS ÊTES ICI, C'EST PIAO QUI VOUS A TROUVÉ.

LA CORDE...
PIAO, DONNE LA CORDE À SAUTER À MONSIEUR.
PIAO!!!
J'PEUX LA GARDER, M'SIEUR ? C'EST LA MIEUX QUE J'AI JAMAIS VUE.
AH, BAH, ÇA Y EST... IL RECOMMENCE À DORMIR !
ÇA VEUT DIRE QUE JE PEUX LA GARDER, ALORS ?

MERCI...
ALLEZ-VOUS ÊTRE UNE MENACE POUR NOUS ?
DES BLESSURES AU COUTEAU, ÇA LAISSE PEU DE PLACE POUR UN ACCIDENT.
CEUX QUI VOUS ONT FAIT ÇA, S'ILS APPRENNENT QUE VOUS ÊTES EN VIE, ILS VIENDRONT VOUS CHERCHER. ET S'ILS VOUS TROUVENT, ILS NOUS TROUVERONT AUSSI.
CE N'EST PAS MOI QUI LES INTÉRESSAIS. C'EST MON CAMION.
VOUS ÊTES CHAUFFEUR ?
JE TRANSPORTE DU CHARBON, QUE JE REVENDS AVEC UN INTERMÉDIAIRE À DES GROSSISTES SUR LE BORD DES ROUTES...

DANS D'AUTRES CIRCONSTANCES, ON AURAIT PU SE CROISER, JE TRAVAILLE AUSSI SUR LE BORD DES ROUTES.
JE DÉCHARGE CES CAMIONS DE CHARBON.
MON INTERMÉDIAIRE M'A PIÉGÉ... MON CAMION DOIT ÊTRE REPEINT ET REVENDU, À L'HEURE QU'IL EST...
VOUS N'AVEZ PAS RÉPONDU À MA QUESTION. ALLEZ-VOUS ÊTRE UNE MENACE POUR NOUS ?
JE VEUX JUSTE RÉCUPÉRER MON CAMION.
J'AURAIS JAMAIS CRU QU'UN JOUR, J'AIDERAIS UN CHAUFFEUR.
VOUS ÊTES TELLEMENT MÉPRISANT AVEC NOUS.

FUMER DES CLOPES ET BOIRE DES BIÈRES PENDANT QUE NOUS, ON SE TUE À DÉCHARGER POUR UNE POIGNÉE DE YUANS.
J'AI PLUS CE CAMION.
DONC, VOUS ME TROUVEZ SYMPATHIQUE !
HA HA!
HA HA HA!
HA HA!
HA HA... AÏE!

FLAP
FLAP
POURQUOI T'AVAIS UNE CORDE À SAUTER SUR TOI ?

PIAO, LAISSE-LE MANGER TRANQUILLEMENT !
C'ÉTAIT UN CADEAU POUR QUELQU'UN ?
PIAO !
POUR TA FILLE ?
PIAO ! ÇA SUFFIT, MAINTENANT !
QUOI ? C'EST BON, DEPUIS TROIS SEMAINES QU'IL EST LÀ, À PART SON NOM, IL A RIEN DIT !
C'EST UN FANTÔME, OU QUOI ?
PIAO, TU SERAS PUNIE !
AH, BEN ÇA, C'EST TROP FORT ! C'EST LUI QUI RÉPOND JAMAIS ET C'EST MOI QUI SUIS PUNIE !

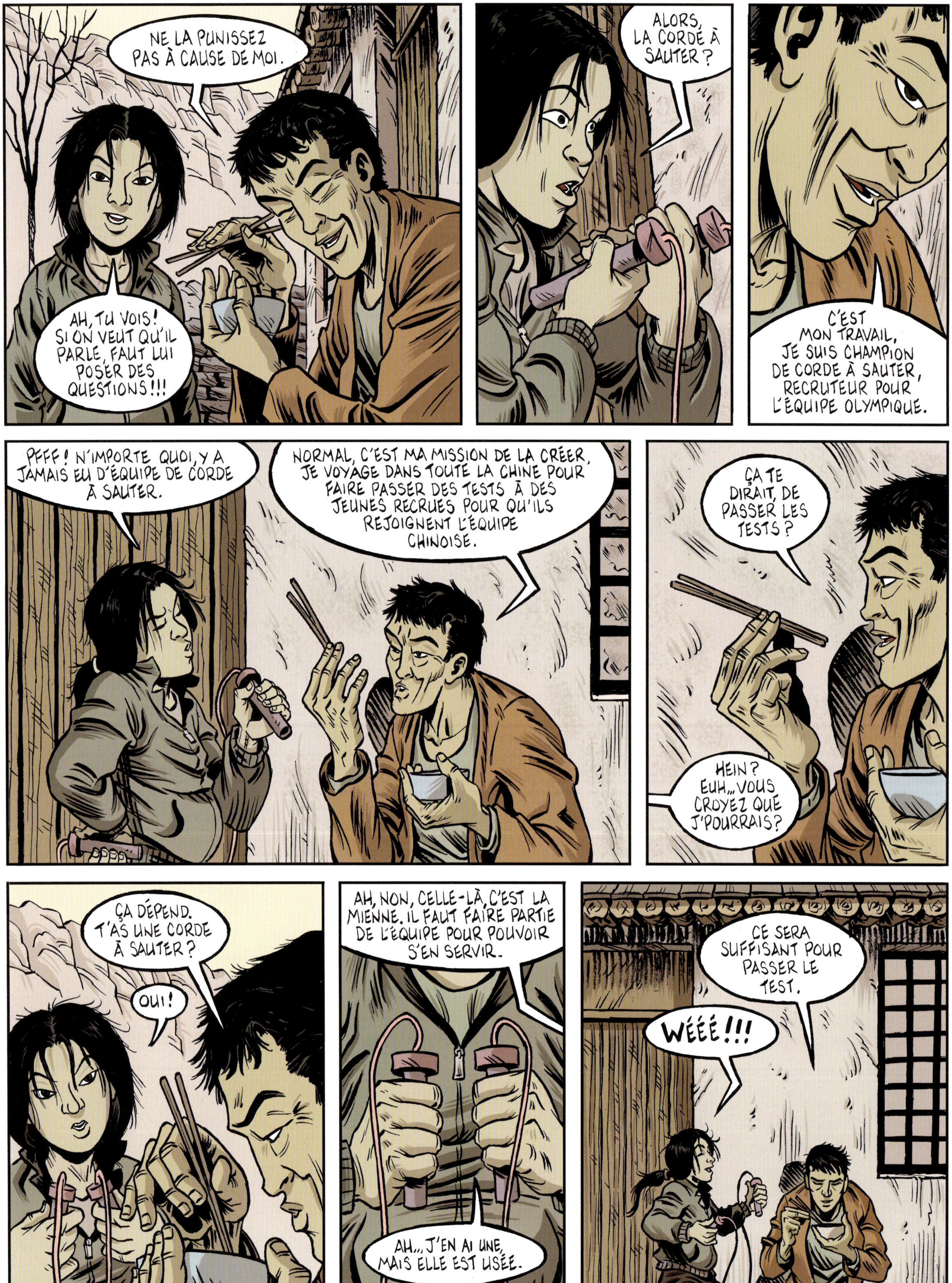
NE LA PUNISSEZ PAS À CAUSE DE MOI.
AH, TU VOIS ! SI ON VEUT QU'IL PARLE, FAUT LUI POSER DES QUESTIONS !!!
ALORS, LA CORDE À SAUTER ?
C'EST MON TRAVAIL. JE SUIS CHAMPION DE CORDE À SAUTER, RECRUTEUR POUR L'ÉQUIPE OLYMPIQUE.
PFFF ! N'IMPORTE QUOI, Y A JAMAIS EU D'ÉQUIPE DE CORDE À SAUTER.
NORMAL, C'EST MA MISSION DE LA CRÉER. JE VOYAGE DANS TOUTE LA CHINE POUR FAIRE PASSER DES TESTS À DES JEUNES RECRUES POUR QU'ILS REJOIGNENT L'ÉQUIPE CHINOISE.
ÇA TE DIRAIT, DE PASSER LES TESTS ?
HEIN ? EUH... VOUS CROYEZ QUE J'POURRAIS ?
ÇA DÉPEND. T'AS UNE CORDE À SAUTER ?
OUI !
AH, NON, CELLE-LÀ, C'EST LA MIENNE. IL FAUT FAIRE PARTIE DE L'ÉQUIPE POUR POUVOIR S'EN SERVIR.
AH... J'EN AI UNE, MAIS ELLE EST USÉE.
CE SERA SUFFISANT POUR PASSER LE TEST.
WÉÉÉ !!!

TUTUTUTU
ÇA VA ALLER ?
TUTUTUTUTU
VOUS ÊTES SÛR QUE ÇA VA ALLER ?
ÇA FAIT PRESQUE UN MOIS QUE JE SUIS CHEZ VOUS, JE DOIS TRAVAILLER POUR VOUS REMBOURSER.
C'EST PAS EN VOUS BLESSANT À NOUVEAU QUE ÇA ARRANGERA LES CHOSES.
ET DE TOUTE FAÇON, ON NE S'EST PAS OCCUPÉS DE VOUS EN ESPÉRANT ÊTRE PAYÉS, LA VIE N'EST PAS UNE DETTE.
TUTUTUUU
TUTUTUTU
DÉPÊCHONS-NOUS, SINON BAO VA ENCORE SE METTRE EN ROGNE !

QU'EST-CE QUE TU ME RAMÈNES LÀ?
C'EST MON COUSIN.
ILS SONT DÉJÀ QUATRE, DERRIÈRE!!!
LAISSE-LE MONTER DEVANT?
NON, PERSONNE MONTE DEVANT, DANS MON CAMION!
TU VOIS? MÊME AVEC UNE PETITE CAMIONNETTE DE MERDE... VOUS ÊTES ARROGANTS!
C'EST BON, GRIMPEZ, ON VA SE SERRER!

ALLEZ, TU LUI PRENDS À 700 ! 700, C'EST UN BON PRIX, NON ? TU PRENDS LES DEUX REMORQUES, ILS DÉCHARGENT ET BASTA, O.K. ?
ÇA DÉPEND, LE DÉCHARGEMENT ME COÛTE COMBIEN ?
130 POUR LE TOUT.
130 ?!
J'AI JAMAIS PAYÉ PLUS DE 110, POURQUOI JE TE PAIERAIS 130 ?

PARCE QU'EN VINGT MINUTES, C'EST VIDE.
ET QUE SURTOUT, ON EST LES SEULS À BOSSER DANS LE COIN !
JE T'EN DONNE 120 MAX !
OK !
EH ! ON EST QUATRE, D'HABITUDE, ET ON TOUCHE PAREIL ! LÀ, ÇA VA PAS !
T'OCCUPE, TOI ! RESTE À TA PLACE ! ON DISCUTE PAS DE ÇA DEVANT LE CLIENT !
JE LAISSE MA PLACE SI C'EST UN PROBLÈME.
T'ES MONTÉ DANS MON CAMION, ALORS TU ME DOIS 5 YUANS. SI TU BOSSES PAS, TU ME PAIES COMMENT ?

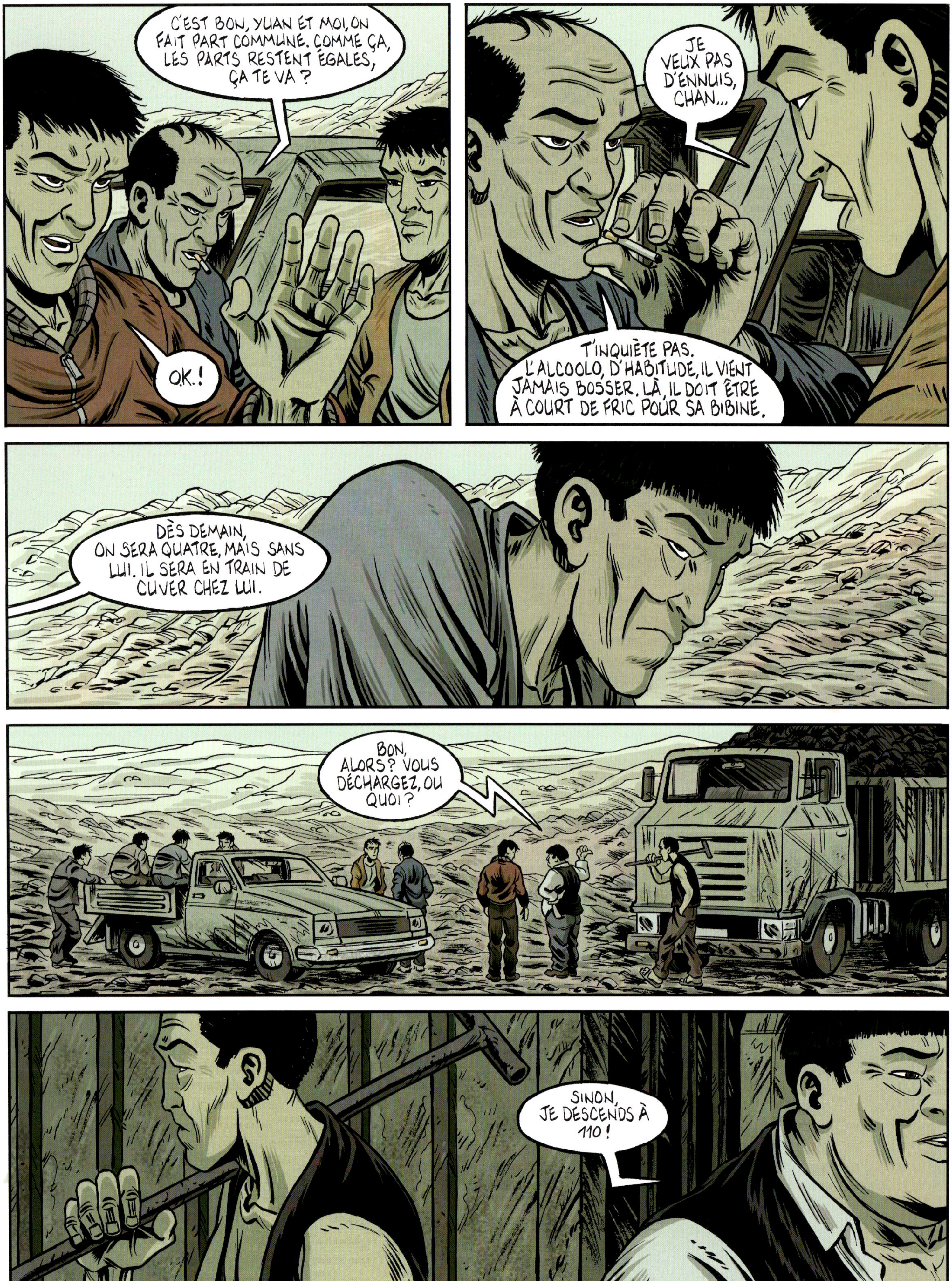
C'EST BON, YUAN ET MOI, ON FAIT PART COMMUNE. COMME ÇA, LES PARTS RESTENT ÉGALES, ÇA TE VA ?
O.K. !
JE VEUX PAS D'ENNUIS, CHAN...
T'INQUIÈTE PAS. L'ALCOOLO, D'HABITUDE, IL VIENT JAMAIS BOSSER. LÀ, IL DOIT ÊTRE À COURT DE FRIC POUR SA BIBINE.
DÈS DEMAIN, ON SERA QUATRE, MAIS SANS LUI. IL SERA EN TRAIN DE CUVER CHEZ LUI.
BON, ALORS? VOUS DÉCHARGEZ, OU QUOI ?
SINON, JE DESCENDS À 110 !

RRRRRRRRR

OH!
?!
BON, ON VA BOIRE UN COUP? J'AI SOIF, MOI!
C'EST BON, ON A CE QU'IL FAUT!

JE PARLE PAS DE FLOTTE, MAIS D'UNE VRAIE BOISSON !
ALLEZ, BAO, ON VA S'EN JETER UN ?
SI C'EST TOI QUI PAIES, D'ACCORD !
ET MERDE, VA FALLOIR LES ATTENDRE POUR RENTRER !
ÇA PEUT DURER LONGTEMPS ?
L'ALCOOLO, IL EST VITE BOURRÉ... BAO, C'EST PLUS LONG.
ET MÊME BOURRÉ, IL DONNE PAS LES CLEFS DE SON CAMION... ON VA POIREAUTER...

EH, TOI! QU'EST-CE QUE TU FAIS LÀ ?!
VOUS AVEZ BESOIN DE DÉCHARGER ?
IMBÉCILE, TU VOIS PAS QUE C'EST DES COCHONS ?!

PRENDS UN BILLET DE LOTERIE, CAR SI TU RETROUVES TON CAMION COMME ÇA, TU POURRAIS AUSSI BIEN GAGNER LE GROS LOT.
ET COMME ÇA, TU POURRAS T'ACHETER DES DIZAINES DE CAMIONS !
C'EST LE MIEN QUE JE VEUX.
QU'EST-CE QU'IL A DE SI SPÉCIAL, TON CAMION ?
AH, O.K., ENCORE UN TRUC DE CHAUFFEUR QU'UN SIMPLE PELLETEUR PEUT PAS COMPRENDRE...

C'EST UN TÉLÉPHONE À CARTE ?
OUI, VOUS ACHETEZ L'APPAREIL, PUIS LES UNITÉS À PART SOUS FORME DE CARTES PRÉPAYÉES. ET QUAND IL Y EN A PLUS, FAUT RACHETER UNE CARTE.
ÇA VOUS PERMET DE GÉRER VOTRE BUDGET ET D'ÉVITER LE COÛT D'UN ABONNE,,,
MERCI, JE CONNAIS !
JE TE PRÊTE LE MIEN, SI TU VEUX ?

TU DEVRAIS APPELER CHEZ TOI, NON ?
POUR LEUR DIRE QUOI ?
QUE TU ES VIVANT, DÉJÀ, ÇA LES RASSURERAIT...
SANS CAMION, C'EST COMME SI J'ÉTAIS MORT... SANS MOI, MA FEMME PEUT EMPRUNTER UN PEU D'ARGENT POUR COMMENCER. ENSUITE, ELLE TROUVERA DE QUOI TRAVAILLER.
SI JE RENTRE SANS CAMION, SON SALAIRE NE POURRA PAS NOUS FAIRE SUBSISTER TOUS LES TROIS, SANS COMPTER LES TRAITES DU CAMION.
TANT QUE JE SUIS DISPARU, ELLE N'A PAS À LES PAYER. SI JE RENTRE, ON DEVRA PAYER POUR UN VÉHICULE FANTÔME.
EN ATTENDANT, POUR TA FAMILLE, C'EST TOI LE FANTÔME.

EH! BAO!
C'EST QUI, CES TYPES-LÀ ?
ON A DE LA CONCURRENCE, LÀ !!
VOUS INQUIÉTEZ PAS, JE VAIS RÉGLER LE PROBLÈME !

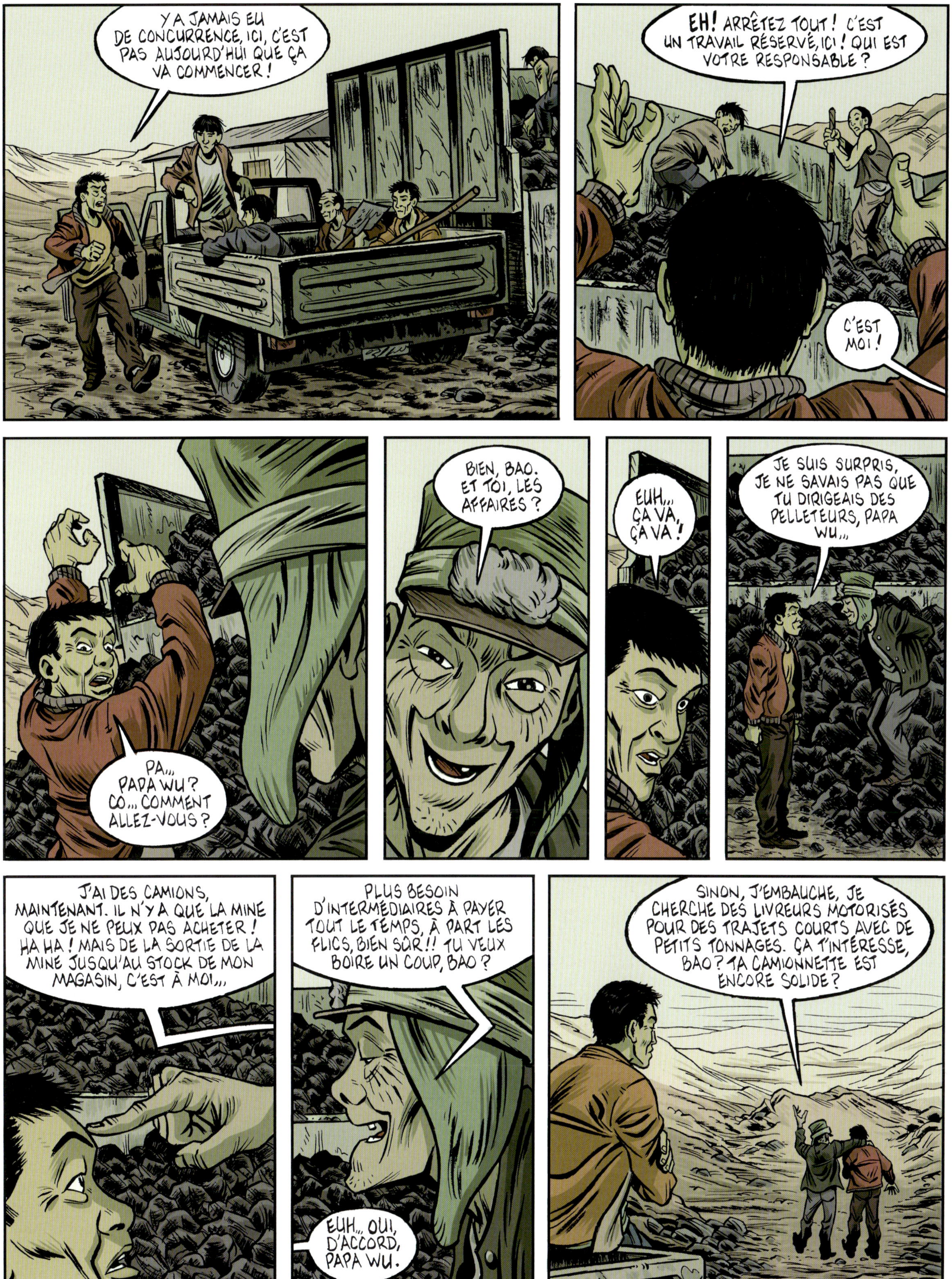
Y A JAMAIS EU DE CONCURRENCE, ICI, C'EST PAS AUJOURD'HUI QUE ÇA VA COMMENCER !
EH! ARRÊTEZ TOUT ! C'EST UN TRAVAIL RÉSERVÉ, ICI ! QUI EST VOTRE RESPONSABLE ?
C'EST MOI !
PA... PAPA WU ? CO... COMMENT ALLEZ-VOUS ?
BIEN, BAO. ET TOI, LES AFFAIRES ?
EUH... ÇA VA, ÇA VA !
JE SUIS SURPRIS, JE NE SAVAIS PAS QUE TU DIRIGEAIS DES PELLETEURS, PAPA WU...
J'AI DES CAMIONS, MAINTENANT. IL N'Y A QUE LA MINE QUE JE NE PEUX PAS ACHETER ! HA HA ! MAIS DE LA SORTIE DE LA MINE JUSQU'AU STOCK DE MON MAGASIN, C'EST À MOI...
PLUS BESOIN D'INTERMÉDIAIRES À PAYER TOUT LE TEMPS, À PART LES FLICS, BIEN SÛR !! TU VEUX BOIRE UN COUP, BAO ?
EUH... OUI, D'ACCORD, PAPA WU.
SINON, J'EMBAUCHE, JE CHERCHE DES LIVREURS MOTORISÉS POUR DES TRAJETS COURTS AVEC DE PETITS TONNAGES. ÇA T'INTÉRESSE, BAO ? TA CAMIONNETTE EST ENCORE SOLIDE ?

VIRÉS, O.K., JE PEUX COMPRENDRE. MAIS IL AURAIT PU AU MOINS NOUS RAMENER !
PAPA WU, LES GENS EN DISENT QUOI ?
LES GENS N'EN DISENT RIEN, C'EST PLUS PRUDENT... POURQUOI, TU LE CONNAIS ?
C'EST LE DERNIER CLIENT QUI M'A FAIT UNE PROPOSITION POUR MES DEUX REMORQUES...
TU LUI AS DIT QUOI ?
QUE SA PROPOSITION N'ÉTAIT PAS CORRECTE.

ON NE DIT PAS ÇA À PAPA WU... SI TON NÉGOCIATEUR NE L'A PAS DIT, C'EST QUE C'EST UN MAUVAIS NÉGOCIATEUR.
C'EST PAS MON CHARBON QUE WEI A NÉGOCIÉ AVEC PAPA WU...
...MAIS TON CAMION.
POUR RÉSUMER, T'AS PLUS DE CAMION ET J'AI PLUS DE BOULOT.
T'AS DU DÉO CHEZ TOI ?
QUOI ?
UNE BOMBE DÉSODORISANTE, TU AS ÇA ?
EUH... OUI, JE CROIS...
ALORS, DEMAIN, ON A DU BOULOT !!!

ALORS, C'EST BIENTÔT FINI ? JE M'EN VAIS DANS CINQ MINUTES !
OUI, OUI, C'EST BON ! JE TERMINE !
VOUS VOULEZ QUELLE SENTEUR ? FLEUR OU AMBIANCE DÉTENTE ?
JE M'EN FOUS, MAGNE-TOI !
NOUVEAU SERVICE ! ENTRETIEN INTÉRIEUR DE LA CABINE !
POUR QUE LES KILOMÈTRES SEMBLENT MOINS LONGS, LA CABINE PROPRE COMME VOTRE MAISON !

NOUVEAU SERVICE ! ENTRETIEN INTÉRIEUR DE LA CABINE !
ALORS, ÇA MARCHE ?
J'EN SUIS À MON QUATRIÈME ! C'EST VRAIMENT UNE SUPER IDÉE QUE TU AS EUE, YUAN !
AH ! J'EN AI FAIT DOUZE ET J'AI PLUS DE SENT-BON !!! JE FAIS QUOI ?
TIENS, PRENDS LE MIEN !
ENTRETIEN DE CABINE ! VOTRE MAISON VOUS SEMBLERA MOINS LOIN QUE LA PROPRETÉ DE VOTRE CAMION ! SENT-BON OFFERT !
HA HA ! IL VA FALLOIR FAIRE UNE FORMATION POUR LES SLOGANS PUBLICITAIRES !!!

UNE IDÉE DE CHAUFFEUR, OUI, MAIS SURTOUT UNE IDÉE POUR SE RAPPROCHER DES CAMIONS SANS ÉVEILLER LES SOUPÇONS !
YUAN?

TUUUT-TUT
TUUUUUUT
MAIS QU'EST-CE QUI T'A PRIS ?!

LE SCOOTER, C'ÉTAIT WEI...
QUOI?
T'ES SÛR?
NON...
FAUT QUE T'ARRÊTES ÇA, YUAN, ÇA VA TE TUER!!!
J'PEUX PAS... C'EST LA SEULE CHOSE QU'IL ME RESTE...

PIAO, TU N'AS PAS FAIM ?
EH BIEN ?
JE M'EN OCCUPE...
TU AS DES ENFANTS ?

J'VEUX DIRE, QUELQU'UN D'AUTRE QUE TON CAMION ?
HA ! HA !
C'EST LA PREMIÈRE FOIS QUE JE TE VOIS RIRE DEPUIS NOTRE RENCONTRE !
HA ! HA !
OUI, J'AI UNE FILLE...
ALORS, QU'EST-CE QUE TU FAIS ENCORE ICI, CHEZ NOUS ?
JE PEUX PAS RENTRER SANS MON CAMION, C'EST LUI QUI NOUS FAIT VIVRE.
EN ATTENDANT, EN RESTANT ICI, TU NE LES FAIS PAS VIVRE NON PLUS.
SI JE RÉCUPÈRE MON CAMION, TOUT REDEVIENDRA COMME AVANT.

EUH... ELLE VEUT PARLER AVEC YUAN... SEULE !
AH. EH BIEN, YUAN, JE NE T'ENVIE PAS !
SNURFL... J'AI... J'AI EMPORTÉ TA CORDE À SAUTER SPÉCIALE ÉQUIPE OLYMPIQUE À L'ÉCOLE... SNURFL...
ET LA GROSSE ZHIFANG, ELLE ME L'A VOLÉE ! SNURFL...
T'ES FÂCHÉ CONTRE MOI ?
ELLE HABITE OÙ, CETTE GROSSE ZHIFANG ?

PFFF, ELLE EST NULLE, CETTE CORDE À SAUTER !

ELLE EST PAS À TOI, SURTOUT...
VOLEUSE !
OUAIS, ET ALORS ? TU VAS ME LA REPRENDRE, PEUT-ÊTRE ?
JE PRÉFÉRERAIS QUE TU ME LA REDONNES GENTIMENT, C'EST MA CORDE À SAUTER.
AH OUI ? ET QU'EST-CE QUI ME LE PROUVE ?
AH, BEN LÀ, T'ES MAL BARRÉE, C'EST LE SÉLECTIONNEUR DE L'ÉQUIPE OLYMPIQUE DE CORDE À SAUTER !
C'EST VRAI ?
OUI.
MÊME QUE JE VAIS PASSER LES TESTS POUR SAVOIR SI J'PEUX ÊTRE DANS L'ÉQUIPE !
J'PEUX MOI AUSSI ?
DE QUOI ?

PASSER LES TESTS. SI ELLE LES PASSE, J'VEUX LES PASSER !
OK. FAUT JUSTE QUE TU ME REDONNES LA CORDE À SAUTER ET TU POURRAS PASSER LES TESTS.
OÙ TU AS TROUVÉ ÇA ?
BEN...
J'L'AI PAS TROUVÉ, J'L'AI VOLÉ.
OÙ ?
DANS UN CAMION.
C'ÉTAIT ACCROCHÉ AU RÉTROVISEUR ?
COMMENT VOUS LE SAVEZ ?
LE CAMION, IL ÉTAIT DE QUELLE COULEUR ?
BLEU ET ROUGE, COMME CEUX DE LA NOUVELLE MINE. ÇA FAIT PARTIE DU TEST, TOUTES CES QUESTIONS ?
OUI, ET LA DERNIÈRE EST LA PLUS IMPORTANTE. CONCENTRE-TOI BIEN ET DIS-MOI OÙ TU AS VU CE CAMION POUR LA DERNIÈRE FOIS.

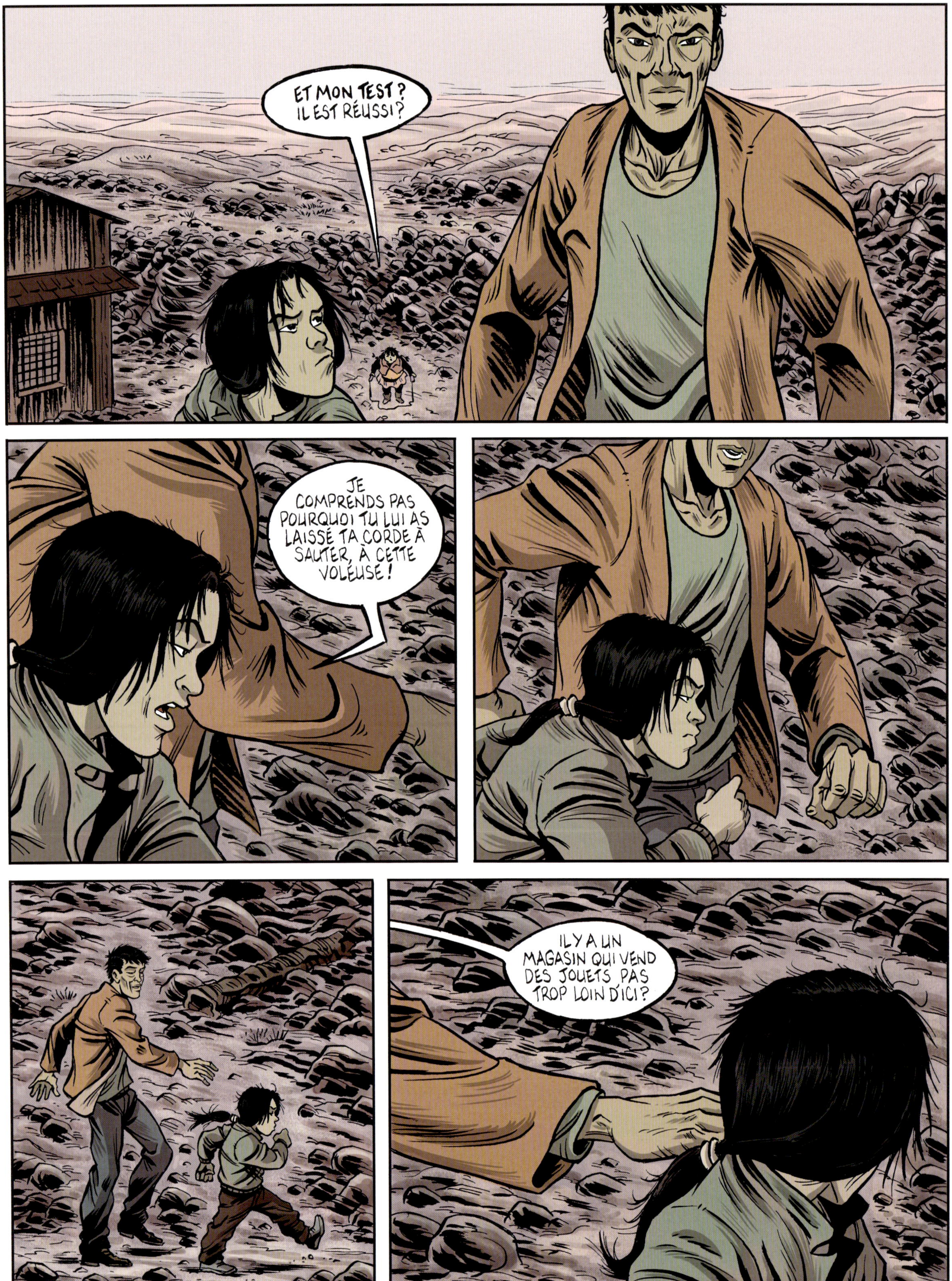
ET MON TEST ? IL EST RÉUSSI ?
JE COMPRENDS PAS POURQUOI TU LUI AS LAISSÉ TA CORDE À SAUTER, À CETTE VOLEUSE !
IL Y A UN MAGASIN QUI VEND DES JOUETS PAS TROP LOIN D'ICI ?

POURQUOI? TU VEUX ACHETER UNE AUTRE CORDE À SAUTER?
UNE OLYMPIQUE, SPÉCIALE POUR MOI?
ÇA DÉPEND.
ILS FONT DES JOUETS POUR GARÇONS AUSSI, DANS CE MAGASIN?
Y A DE TOUT!
DES JOUETS DE GARÇON?... MAIS TU SAIS QUE JE SUIS UNE FILLE, QUAND MÊME?
HA HA! ALLEZ, VIENS, T'INQUIÈTE PAS!

CELUI-LÀ ?
NON...
MAIS POURQUOI ?
PASQUE PAS CELUI-LÀ !
ÇA FAIT UNE HEURE QU'ON POIREAUTE LÀ ! ILS NOUS PASSENT TOUS SOUS LE NEZ !
ET ON VA CONTINUER JUSQU'À CE QUE JE LE DISE... JE VOUS AI PAYÉS, NON ? ALORS, ON ATTEND...

TU NOUS AS PAYÉS POUR ATTENDRE, EN FAIT. MAIS ATTENDRE QUOI ?
LE BON CAMION...
ET C'EST LEQUEL, LE BON CAMION ?
CELUI-LÀ !!! ALLEZ-Y !

FRRRR
ON VOUS LAVE LA CABINE ? ON FAIT DE BONS TARIFS ET ON TRAVAILLE VITE !
NON, C'EST BON, PERSONNE ENTRE DANS MON CAMION.
VITE ET PAS CHER, CABINE PARFUMÉE !
C'EST BON, JE VOUS DIS, BARREZ-VOUS !

OUAIS, CHUIS ARRIVÉ. T'ES OÙ ?
DANS CINQ MINUTES, OK. JE T'ATTENDS !
TUUUT

PUTAIN, QU'EST-CE... ILS SONT MONTÉS DANS LE CAMION !!!
TUUU
UUUUT
VOUS ÊTES CONS, OU QUOI ?!
JE VOUS AI DIT QUE PERSONNE NE MONTE DANS MON CAMION !
C'EST... C'EST PAS POSSIBLE ! T'ES... T'ES UN FANTÔME !!!
TU T'ASSOIS ET TU DÉMARRES !

DÉMARRE, JE TE DIS !
QU'EST-CE QUE...? OÙ ON VA ?
TU ROULES ET TU LA FERMES !
ACCÉLÈRE.
J'PEUX PAS PLUS !!!
ACCÉLÈRE OU JE TE BUTE !
C'EST MOI QUI T'AI BUTÉ !
C'EST PAS POSSIBLE QUE TU SOIS LÀ !
T'ES UN FANTÔME.
TU PEUX ÊTRE QU'UN FANTÔME !

CLAK!
T'EN VEUX UNE AUTRE POUR ÊTRE SÛR QUE JE SUIS BIEN LÀ ?
LÂCHE LE VOLANT!
LÂCHE!
MAIS NON, JE...

AAHH!

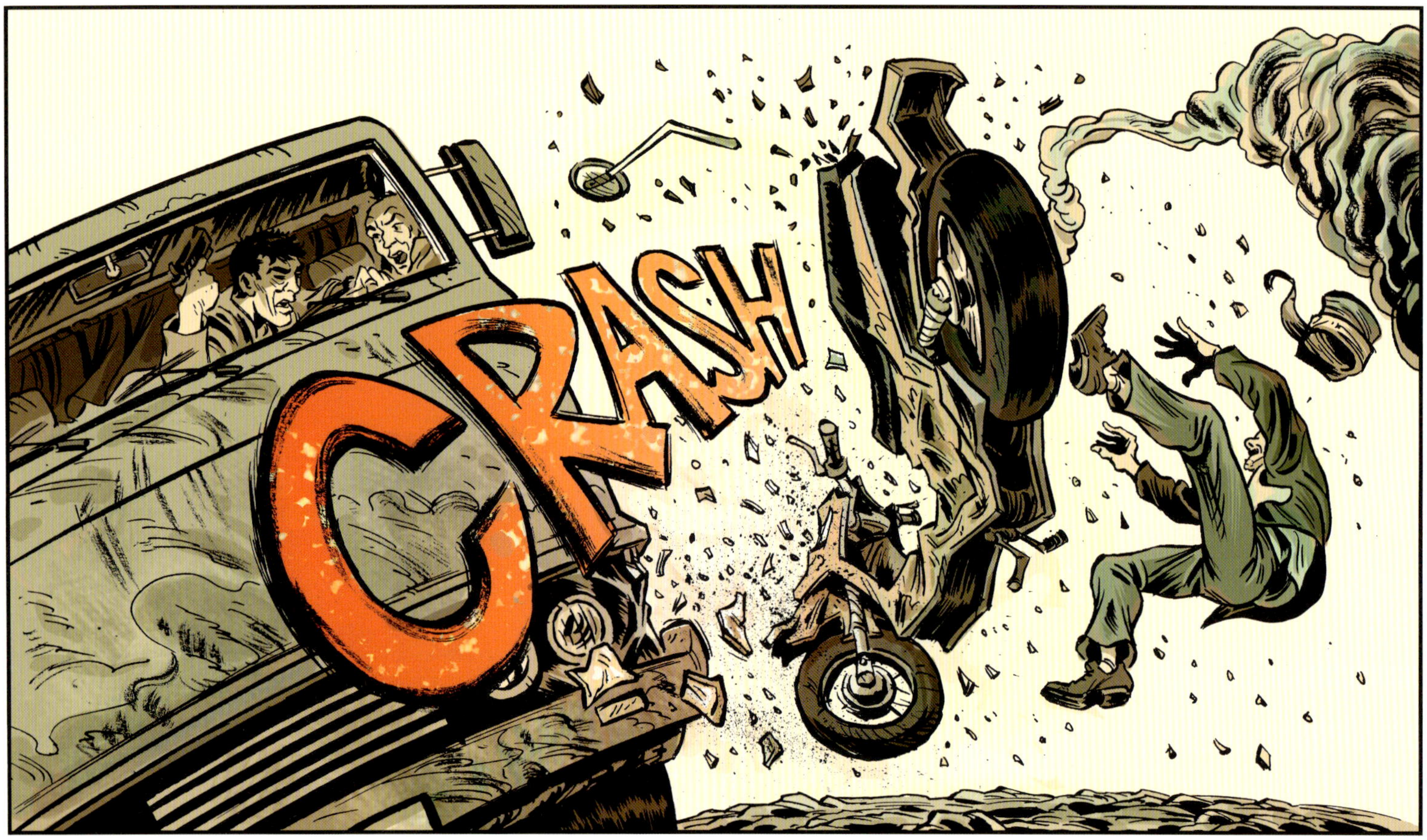
CRASH!

PUTAIN! MAIS PUTAIN!!!
REPRENDS LE VOLANT, TU T'ARRÊTES DANS CINQ CENTS MÈTRES!
PUTAIN, T'ES UN MALADE, UN MALADE!
WU!! T'AS TUÉ WU!!!
C'EST PAS MOI QUI L'AI TUÉ, C'EST TOI LE CHAUFFEUR DE CE CAMION.
LES DÉCHARGEURS T'ONT VU, ILS TÉMOIGNERONT.
ARRÊTE-TOI LÀ!
TU TE SOUVIENS COMMENT TU M'APPELAIS?
FAIS UN EFFORT...
EUH... NON, JE...
LE... LE FLINGUEUR.
C'EST ÇA...
NON! ME FLINGUE PAS! ME FLINGUE PAS!!!
AVEC QUOI?

PAN!

IL L'A RENVERSÉ !
OÙ TU VAS ?!
ARRÊTEZ-LE !
LA POLICE ! APPELEZ LA POLICE !
ILS ARRIVENT ! LES FLICS ARRIVENT !

MAMAN! REGARDE CE QUE J'AI TROUVÉ!!!
T'AS VU ?

公安 POLICE
C'EST CELUI-LÀ ?
OUI...
T'ES SÛR ?

FRAIS DE DOSSIER, FRAIS DE PARKING... ÇA FAIT...
ÇA FAIT...
CHAN
3000 YUANS...
RÉDUITS À 2000 SI TU PAIES TOUT DE SUITE... EN LIQUIDE.
QU'EST-CE QU'IL Y A ? TU VEUX UN REÇU ?
ALLEZ, CASSE-TOI !

CASSE-TOI, JE TE DIS !
BLAM !

T'AS VU ? JE SUIS PAS TOMBÉE !

ON Y VA ?
TU DOIS TE COUCHER TÔT, CE SOIR ?
OUI.
TULULULU
TULUTULU
OUI ?
OUI, JE PARS DEMAIN, COMME PRÉVU.
JE SERAI CHEZ TOI DANS DEUX JOURS.

DEUX ACHETEURS, TU DIS ?
N'EN GARDE QU'UN, ON SE DÉBROUILLERA...
EMBRASSE TA FEMME ET TA FILLE POUR MOI, CHAN.

PAPA, IL A UNE TACHE !
OUI... J'AURAIS PEUT-ÊTRE PAS DÛ ÉCRASER CETTE BESTIOLE...
T'INQUIÈTE PAS POUR ÇA, CHÉRI.

A. DUCOUDRAY - F. DRUART

FIN.

HA!
HA!

DUCOUDRAY
de COUVERTURE
LES ÂMES NOIRES
DUPUIS

DUCOUDRAY
ÂMES NOIRES

LES ÂMES NOIRES
DUPUIS

ÂMES NOIRES
DUPUIS

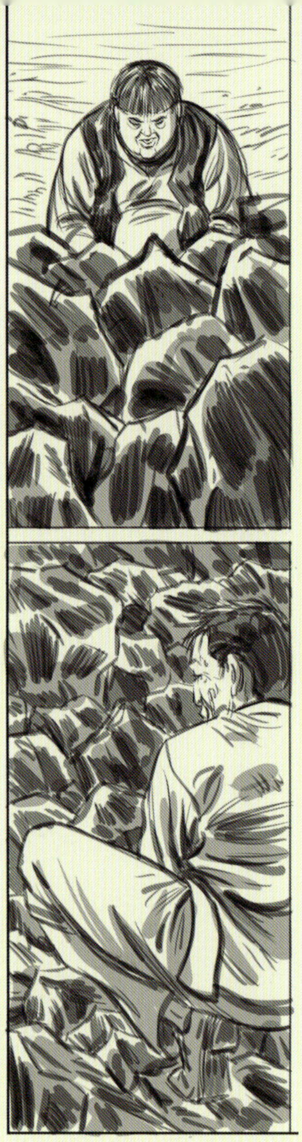

J. DRUART

Maquette : Sophie Uliana - Li
Dépôt légal : mars 2024 – D. 2024/0089/160
ISBN 979-1-0347-6745-8

Éditions Dupuis s.a, rue Destrée 52, 6001 Marcinelle, Belgique.
Imprimé par Delabie, ZI La Martinoire, bd de l'Eurozone 9, 7700 Mouscron, Belgique.
Achevé d'imprimer en février 2024.